LE
ROI LIO

hachette
JEUNESSE

Sous le soleil de la savane, tous les animaux traversent la Terre des Lions. Ils se rendent au Rocher du Lion pour célébrer un grand événement.

La reine Sarabi a donné naissance à un lionceau.

Le roi Mufasa est très fier lorsque Rafiki, le vieux sorcier, présente le nouveau-né à la foule.

3

Seul Scar, le frère du roi est absent. Sans même connaître Simba, il le déteste déjà, car le nouvel héritier brise ses espoirs de devenir roi un jour.

— Sarabi et moi ne t'avons pas vu à la présentation de Simba, reproche Mufasa à son frère.

Jaloux, Scar s'éloigne en réfléchissant à sa vengeance.

Un beau matin, Mufasa emmène Simba au Rocher du Lion.

– Regarde, mon fils, dit-il, partout où le soleil pointe ses rayons, s'étend la Terre de Lions. Un jour, tu en seras le roi.

Simba est très fier. Mais ce qui lui importe le plus, c'est de jouer avec sa meilleure amie, Nala.

Aujourd'hui, Simba a décidé d'explorer avec son amie Nala un endroit très secret dont Oncle Scar lui a parlé.

8

– Je voudrais être roi ! crie Simba en détalant à travers
la savane avec les zèbres.

*I want to be king cried simba and scampering through
the savanna with the zebras*

Simba et Nala arrivent devant un énorme crâne d'éléphant.

– Ça y est! on est arrivés! crie joyeusement Simba.

Sa joie est de courte durée, car des hyènes surgissent de nulle part.

Courageusement, Simba fait face, sans succès.

Heureusement, le roi Mufasa apparaît. Il se jette sur les hyènes pour protéger Simba.

– N'approchez plus jamais mon fils, rugit-il.

Mufasa n'est pas content que son fils se soit aventuré dans un lieu si dangereux. Mais au fond de lui, il est soulagé de l'avoir retrouvé sain et sauf.

14

Alors que les étoiles scintillent dans le ciel, Mufasa et Simba se réconcilient.

— Regarde, dit Mufasa, nos ancêtres nous observent de là-haut. Ils seront toujours là pour te guider… et moi aussi, je serai toujours là pour toi.

Dans la même collection !

Édité par Hachette Livre – 58, rue Jean Bleuzen – 92178 Vanves Cedex
Imprimé par Macrolibros en Espagne - Achevé d'imprimer : mars 2016
ISBN : 978-2-01-462871-5 – Édition : 19 – Dépôt légal : février 2009
Loi n°49-956 du 16 juillet 1949 sur les publications destinées à la jeunesse.
Pour tout renseignement concernant nos parutions, nous contacter par téléphone au 01 43 92 38 88 ou par e-mail : disney@hachette-livre.fr

Pour l'éditeur, le principe est d'utiliser des papiers composés de fibres naturelles, renouvelables, recyclables et fabriquées à partir de bois issus
de forêts qui adoptent un système d'aménagement durable. En outre, l'éditeur attend de ses fournisseurs de papier qu'ils s'inscrivent
dans une démarche de certification environnementale reconnue.